KB080752

류인서

그는 늘 왼쪽에 앉는다

그는 늘 왼쪽에 앉는다

류인서 시집

창비

차 례

제1부

제2부

제3부

제4부

제1부

구름도넛

담배를 끊고부터 그녀에게
달콤한 구름도넛을 만들어줄 수 없게 된 남자, 생각 끝에
구름수풀 헤적여 반지를 건져다 주었지
강변에 앉아 자신의 손을 내려다보는 여자와
잠시 흐름을 멈추고 물비늘 반짝임 속으로 몸을 숨기는 강물
반지의 동그라미 속에 찰랑찰랑 함께 갇혔지

물항아리 속 웅숭깊은 우렁각시 그 여자, 날마다
남자의 빈집으로 동그랗게 소반을 차리러 가지
그녀가 나간 사이
동그라미 속 동그마니 남은 마음들 살금살금 실금이 가기 시작하지

저녁의 붉은 강물이
그녀 긴 손가락 사이로 빠져나가고

개망초 떨리는 꽃빛이 빠져나가고
잠에서도 젖지 않는 비오리 속날개가 빠져나가지
달콤한 도넛구름이 빠져나가지 남자가 빠져나가지
우렁이 껍질같이 가벼워진 물항아리만 물 위에 두고
그녀가 빠져나가지

상사화

살 밖의 뼈가 어둡다고

달팽이는 저녁이슬 하나씩 깨물어 먹는다

살 밖의 뼈가 어둡다고

숲은 간이 싱싱한 어린 참나무를 찾고 있다

꽃대궁은 이미 뜨겁다

잎은 혼례에 늦는 신부를 데려오느라 아직 피지 않고 있다

살 밖의 뼈가 어둡다고

멀리 동구 밖 홰나무는 말울음 소리를 낸다

교행(交行)

조치원이나 대전역사 지나친 어디쯤
상하행 밤열차가 교행하는 순간
네 눈동자에 침전돼 있던 고요의 밑면을 훑고 가는
서느런 날개바람 같은 것
아직 태어나지 않은 어느 세계의 새벽과
네가 놓쳐버린 풍경들이 마른 그림자로 찍혀 있는
두 줄의 필름
흐린 잔상들을 재빨리 빛의 얼굴로 바꿔 읽는
네 눈 속 깊은 어둠

실선의 선로 사이를 높이 흐르는
가상의 선로가 따로 있어
보이지 않는 무한의 표면을
끝내 인화되지 못한 빛이 젖은 날개로 스쳐가고 있다

톡 톡

그 여자는 매니큐어 바르기를 좋아한다 올 터진 스타킹 갈라진 손톱 찢어진 나비날개 분홍빛 벌레구멍 솔기 끝 어디에든,
손가락만한 매니큐어를 만지작거리며 그 여자는
금간 애인과의 사이를 어떻게 메울까 한동안 훌쩍거리다

고양이처럼 달랑 의자에 올라앉아 엄지발톱에 톡, 톡, 매니큐어를 바른다
그래, 톡 톡 소리에 귀 기울여보는 것도 괜찮겠다

톡톡, 메밀밭 메밀꽃이 하얗게 귀 트이는 소리
톡톡, 호박잎 위에서 배꼽달팽이 발가락 펴는 소리
톡톡톡, 등푸른 오이가 칼날 위를 뛰어가는 소리
톡톡, 끝여름밤 귀뚜라미망치로 휘어진 철길 두드리는 소리
톡톡, 글자 위를 기어가는 칠점무당벌레 오자탈자 골

라내는 소리

톡톡, 소라고둥이 버얼건 폐선 밑바닥에 붙어 심해를 노크하는 소리

이제 울음 그쳤니?

톡톡, 구름이 눈썹창 여는 소리

뒤집다

그녀의 현관 신발장엔 모래시계 하나 달랑 놓여 있지
그 집에 찾아온 이들 어떨 땐
생각 없이 슬쩍 시계를 뒤집어놓고 가지, 그런 날은
병 속의 계절, 붉은 사막이 몸 한채를 다 허물지
천천히 유리의 산도(産道)를 빠져나가는 빛의 앙금

신기루처럼 날아오르는 시계(視界) 속 모든 물구나무선 풍경
목에 걸리는 빛까스라기
남은 씨앗들은 엽록의 꿈자릴 품고 비의 정원으로 내닫기도 하지
떠오르는 꽃바닥 유리 수면엔
썩지 않은 바람의 회오리 눈동자
꽃잎 뜨거운 발자국만 황황히 그녀의 맨발등을 밟고 가지

그 집 신발장 위엔 모래시계 하나만 달랑 놓여 있지

가벼이 들어선 이들 어떨 땐, 모래시계 뒤집듯 슬쩍
그녀를 뒤집어놓고 가지

병(甁)

왼쪽 귀가 들리지 않는 그는 늘 왼쪽에 앉는다
그들은 늘 그의 오른쪽에 앉는다
아내 투정도 아이의 까르륵 웃음도
여름날 뻐꾸기 울음소리도 빗소리도 모두
그의 오른쪽 귓바퀴에 앉는다, 소리에 관한 한
세상은 그에게
한바퀴로만 가는 수레다
출구 없는 소리의 갱도
어둠의 내벽이, 그의 들리는 귀와 들리지 않는 귀 사이에

그의 비밀은 사실, 들리지 않는 귀 속에 숨어 있다
전기를 가둬두던 축전병처럼, 그의 왼쪽 귀는
몸에 묻어둔 소리저장고
길게 목을 뺀 말 모자를 푹 눌러쓴 말 눈을 똥그렇게 뜬 말 반짝반짝 사금의 말 진흙의 말 잎과 뿌리의 말, 세상 온갖 소리를 삼킨 말들이 말들의 그림자가 그의 병 속에

꼭꼭 쟁여져 있다

그것들의 응집된 에너지를 품고 그의 병은

돌종처럼 단단해져간다

한순간, 고요한 폭발음!

소용돌이치며 팽창하는 소리의 우주가 병 속에, 그의

귓속에 있다

몸

중견 의사 모(某)씨의 수련의 시절 임상경험담을 일간지 칼럼에서 본 적이 있다

하루는 울며불며 엄마 손에 끌려온 꼬마 환자를 살폈는데 가슴에 제법 굵다란 종기가 있더라고, 젊은 의사 모씨, 누렇게 곪은 소녀의 젖꽃판을 손가락으로 힘껏 눌러 짰더니 저런! 팥알만한 젖꼭지까지 묻어나 얼결에 피고름의 솜뭉치와 함께 쓰레기통에다 버렸다나? 등줄기며 간담까지 서늘해진 그의 불면의 밤들, 꿈길에서조차 더러 유두 없는 처녀귀신에게 쫓기곤 했다는 것

인근 소읍에서 개업한 지 여러 해, 진찰실 문을 열고 들어서는 소녀티 갓 벗은 그녀를 한눈에 알아봤다지 불안이나 죄책감은 숨긴 채 청진기를 들이댄 그의 시선 끝에 아, 새순의 귀여운 젖꼭지가 잡히고 순간 감사와 홍분, 일종의 경외감까지 뒤엉켜 왈칵 눈물이 솟더라고

무엇이, 어떤 신묘한 힘이 그녀 가슴에다 분홍 꽃눈을 다시 돋게 했을까 시간이 지닌 설명 불가능의 복원력, 소녀의 몸에 잠들어 있던 여자가? 그녀 자궁에 잠재태로 기다리고 있을, 태어나지 않은 아가의 무구한 작은 입술이?

우리 몸 안팎에서 일시에, 생명의 한 방향으로 집중해 떠다미는 알지 못할 힘의 총량, 그녀 몸과 그의 마음 대체 어느 부분이 어느 순간에 하나로 만나 그리 힘껏 밀어내고 끄집어당겼을까 돋아 곱다랗게 꽃 피게 했을까

예감

왜 가슴보다 먼저 등 쪽이 따스해오는지, 어떤 은근함이 내 팔 잡아당겨 당신 쪽으로 이끄는지, 쉼표도 마침표도 없는 한 단락 흐린 줄글 같은 당신 투정이 어여뻐 오늘 처음으로, 멀리 당신이 날 보았을지 모른다는 생각 했습니다 우주로의 통로라 이른 몇번의 전화는 번번이 그 외연의 광대무변에 놀라 갈피 없이 미끄러져 내리고 더러 싸르락싸르락 당신 소리상자에 숨어 있고 싶던 나는 우물로 가라앉아버린 별 별이 삼켜버린 우물이었지요 별들은 불안정한 대기를, 그 떨림의 시공을 통과하고서야 비로소 반짝임을 얻는 생명이라지요 벌써 숨은 별자리라도 찾은 듯한 낯선 두근거림, 어쩌면 당신의 지평선 위로 손 뻗어 밤하늘 뒤지더라도 부디 놀리지는 마시길, 단호한 확신이 아닌 둥그렇게 나를 감싼 다만 어떤 따스함의 기운으로요

히말라야 엉겅퀴

히말라야 엉겅퀴 속에는 천진난만한 세살짜리 번개가 산다 구름그네 아기 목마도 함께 산다

히말라야 엉겅퀴는 저 아래 지상의 시간을 듣기 위해 발목에 눈시계를 차고 있다 때로 자정이 넘으면 적설의 시간이 산 아래로 밀려 내려가곤 한다

히말라야 엉겅퀴 속에는 석청의 건반이 있다 여름이면 꿀벌들은 그 달콤함을 얻기 위해 꽃 안팎을 넘나들며 풍금 소리를 낸다

히말라야 엉겅퀴꽃 한가운데는 쇠똥을 말려 태우는 아궁이도 있다 저녁이면 늙은 셀파의 가족이 둘러앉아 산양젖으로 만든 차를 마신다

가을 추위가 능선을 내려오면 그들은 엉겅퀴 귓바퀴에 놋쇠방울을 단다 딸랑 딸랑 딸랑 딸랑…… 열다섯살 티베트 소년 밍마는 서른 마리 양들을 몰고 그의 어린 신부를 데려오기 위해 먼 미래의 고원을 넘는다

거울 속의 벽화

대합실 장의자에 걸터앉아 심야버스를 기다린다
왼쪽 벽면에 붙박인 거울을 본다
거울의 얼굴엔 마치 벽 속에서부터 시작된 듯한
뿌리깊은 가로금이 심어져 있다
푸른 칼자국을 받아 두 쪽으로 나누어진 물상들
잘못 이어붙인 사진처럼
하나같이 접점이 어긋나 있다

그녀의 머리와 목은 어깨 위에 서로 비뚜름히 얹혀 있다
곁에 앉은 남자의 인중 깊은 윗입술과 아랫입술이
멈춰선 톱니바퀴처럼 비끗 맞닿아 있다
그 무방비한 표정 한 끝에 아슬하게 매달린 웃음을
훔쳐보던 내 눈빛이, 스윽
균열의 깊은 틈새로 날개꼬리를 감춘다
물병에 꽂힌 작약, 소스라치게 붉다
일그러진 둥근 시계판 위에서
분침과 시침이 포개 잡았던 손을 풀어버린다

이 모든, 아귀가 비틀린 사물들 뒤에서
아카시아 어둔 향기가 녹음의 휘장 속에 어렴풋 속을 보이고
그렇게 조금씩 제 각도를 비껴나고픈
자신과 화해할 수 없는 것들의 초상이 벽 속에 있다

4월 30일

유월과 사월 사이에서, 목련과 장미 사이에서, 혁명과 전쟁 사이에서, 어쩌면 단순히 '부스럭'과 '팔랑'의 틈바구니에서

오월이 사라졌다 한 숨결 별사의 틈조차 주지 않고

지난 연말 너와 내가 한부씩 나눠 가진, 거실 한켠에 쾅쾅 못 박아 매달아둔 문화유산달력 네번째 장을 넘긴다 이 무슨! 턱 하니 온몸으로 막아서는 유월, 내 무딘 손끝이 한번에 두 장을 집었나 누차 확인하다 쿡, 웃음이 난다 어디로 숨었지? 누가 훔쳐갔지? 묶음째 걷어내 후두둑 흔들어본다 십이월과 일월 사이에도 숫자와 종이 사이에도 뒷면 여백 안에도 오월은 없다 도도록이 먼지모자 쓴 벽시계 뒤에도 씽크대 사기접시 위에도 냉장고 얼음상자 속에도, 세탁기 빨랫감 속에도 없다 심각해진 나 울먹울먹 너에게 전화를 한다 내 오월 혹 네가 보관하고 있니?

창 밖 빗물엔 동동 송홧가루 풀리는데 알리바이를 추궁해볼 심증의 범인조차 없는, 오리무중 현장부재의

오월

나는 사월을 다시 살게 되나, 아님 유월을 사는 걸까

명반응

문경 일기

(내 몸의 잎파랑이들도 어떤 날은 햇살이 고플까)
검은 아스팔트가에 쭈그려 앉아
눈뜨는 가지들 올려다보다

한순간, 내 시선에 붙들려 멈칫대는 구름 덩어리

마른하늘에다
나 환하게 물꽃송이 매다는 동안
가볍게 무너지며 부서지며 다른 나무에게 흘러가
그제야 만개하는 구름,

나는 그날
구름을 끌어다 나무 위에 얹어두었다

얹어두고 돌아왔다

시계들

환경위기시계, 9시 29분이란 기사에
째깍째깍, 타임스위치 바라보듯 다들 잠시 흔들렸지만
그의 관심은 여전히 시계 쪽에만 가 있다
시계를 만든 그날부터 그들은 시간의 꼼짝없는 포로였을 거라고
시계의 투명한 작은 유리창이야말로
유리처럼 부서지기 쉬운 시간의 얼굴 아닐까 하고

그는 계속 시계 이야기만 하고 있다
해시계 물시계 두산오거리 탑시계, 그의 몸에는 밀물썰물 달시계
초저녁 어둠별은 그가 아끼는 별시계
늘 정오를 가리키던 잊어버린 교정의 꽃시계, 그 푸른
시계바늘의 촉수라면 캄캄하게 버려둔 어떤 환부라도 기울 수 있을 거라고
진열장 위 저 모래시계는
열 잠 스무 잠 잠만 자는, 우화(羽化)를 잊어버린 유리의 누에고치가 아닐까 하고

운주에 오르다

운주사 골짜기에서 비 잠시 긋는 동안
바위와 석탑을 머리에 이고 선 석불 곁에
먹을 것 마실 것 힘겹게 지고 온 배낭나찰을 내려 기대 놓는다

우리의 간구는 언제나, 땅에서 하늘에 이르고자 함이 아니라
하늘을 인간으로 불러 내리는 것

저 와불 일으키려 하지 마라
생로와 병사, 희로와 애락, 세상 어느 것 하나도 두고 갈 수 없어서
산중턱에 몸 한척 온전히 배로 띄워놓은 것 분명하다

산 아래로, 아득히 비안개 마을로
내려가 닿는 운주

소나무도 은단풍도 고양이도 청설모도
당신도 나도, 살아 우리가 세우려 한 천불천탑도
서거나 앉은자리 그대로 운주에 함께 오른다

쥐똥나무꽃에 대한 변명

쥐똥나무의 꽃은 쥐똥처럼 생기지 않았다

지난해의 새까만 쥐똥열매 그늘에서
싸라기보다 더 자잘한 이 흰 꽃들이 핀다고 믿는 당신은
열매가 바로 꽃의 원전이라 말하고 싶겠지만, 아니
꽃과 열매란 서로에게 원전 같은 것이거나
네거필름 같은 거라 말하고 싶겠지만
꽃은 꽃으로서 이미 열매다, 꽃으로서
하나의 완성된 몸, 완결된 별개의 서사다
종 모양의 앙증스런 꽃잎과 꽃받침
더듬이처럼 돋은 수술 따위로
꽃 속에 함몰된 열매의 예감을 말하지 마라
이 꽃떨기가 지닌 뿌윰한 반그늘과 고즈넉한 향기는 단순히
세상을 향한 정직한 인사일 뿐
다가올 무엇의 근거가 아니다

당신의 쥐똥나무꽃이던 나도
꽃으로 완결된 절망 꽃으로 완성된 죽음이던 때가 있었을 것
닫히지 않은 꽃자리에
어떤 열매가 와서 익을지에 대해선 참견할 수 없는 일

쥐똥나무꽃은 꿈에도 쥐똥나무의 열매가 아니다

제2부

영도에서

부둣가 저 낡은 건물은 자신을 정박중인 여객선쯤으로 알고 있다

일층은 바다횟집 오륙도, 위층은 까페 그 섬에 가고 싶다……

밀물처럼 차오르는 뱃고동 소리에 떠밀려

날마다 몇발짝씩 기슭으로 물러서지만

비스듬히 손차양하고 대양을 바라보는 주름진 그의 이마에는

출렁이는 푸른 파도가 지붕 대신 얹혀 있다

천인국 정원

보세요 저기, 검게 탄 천인국 꽃바닥을 징검돌처럼 밟고 가는 사람이 있네요

꽃을 피워올리던 정원의 맷돌은 이미 멈췄어요 나뭇잎 배엔 구월의 늦나비들도 모두 승선해 있어요 다시 폭풍이 몰아치면 저들은 날아오를 거예요

매서운 추위가 오기 전에 아직 닫히지 않은 공기의 구근들을 움으로 옮겨요 땅속 깊이 붉은 씨앗단지를 묻어요

천인국, 저 오래된 정원의 이야기꾼 그의 검게 탄 화로 곁으로 아이들을 불러 모으고 있네요

보세요, 꽃판 환한 천인국 거울을 해와 달처럼 머리에 이고 가는 사람이 있네요

진시황

저 사내 몸속에 황제가 있다 깊고 어두운 황제의 지하 정원이 있다 황제를 호위하기 위하여 그의 몸은 옹관처럼 웅크려 있고 그의 입은 화살처럼 뾰족하다

꼼짝 않고 누워 있는 사내의 몸속에 오랜 잠에 빠져 있는 실업의 황제가 있다 몸속 여기저기 흩어져 있는 부장품들, 여름날을 지치도록 울고 간 매미 그을음과 여치집 하나, 창문에 찍힌 고양이 발자국과 식어버린 커피잔, 빵과 라면 봉지들

누가 무어라 해도 무덤에 누워 있는 자는 분명 청동수레를 타고 천 개의 강을 건넜던 진시황 거친 땅콩밭 아래, 나무뿌리 아래, 마른 우물바닥 아래, 검은 수은의 해자(垓字)로 둘러친, 벌의 무사 꽃의 자객도 건널 수 없는 지하의 정원 안에

햇살을 기다리는 해바라기 가족들, 황제를 쏟지 않으

려 가까스로 상체를 일으켜 세우는 반쯤 남은 술병, PC방에 어깨를 웅크리고 있는 무수한 젊은 진시황들, 구름무늬 채색이 남아 있는 어둡고 아름답게 씌어진 날들의 불멸의 어떤 사기(史記)

그 남자의 방

몸에 무수한 방을 가진 남자를 알고 있다
햇살방 구름방 바람방 풀꽃방
세상에, 남자의 몸에 무슨 그리 많은 방을

그 방 어느 창가에다 망상의 식탁을 차린 적 있다
안개의 식탁보 위에 맹목의 주홍장미 곁에
내 앙가슴살 한 접시 저며내고 싶은 날이 있었다
그의 방을 기웃거리다 도리어
내 침침한 방을 그에게 들키던 날
주름 깊은 커튼자락 펄럭, 따스한 불꽃의 방들 다 두고
물소리 자박대는 내 단칸방을 그가 탐냈으므로

내게도 어느결에
그의 것과 비슷한 빈방 하나 생겼다
살아 꿈틀대던, 나를 들뜨게 하던
그 많은 방들 실상, 빛이 죄 빠져나간 텅 빈 동공
눈알 하나씩과 맞바꾼

어둠의 가벼운 쭉정이였다니, 그는 대체
그동안 몇개의 눈을 나누었던 것일까
그 방 창이 나비의 겹눈을 닮아 있던 이유쯤
더이상 비밀이 아니구나, 저벅저벅 비의 골목을 짚어
가던
먼 잠 속의 발걸음 소리도 그의 것이었구나

피라미드

그이는 먹음직스런 서른 개의 상자를 가졌죠
일층은 열여섯 개의 초록풀 상자
이층은 초록의 관절을 갉아먹는 아홉 개 메뚜기 상자
삼층은 메뚜기를 노리는 네 개의 입 큰 개구리 상자
그 위엔 무서워라 마술지팡이 뱀 상자 하나

무덤 쌓기 놀이는 그이의 유일한 소일거리죠
생일 케이크 한가운데 얹힌 빨간 사탕처럼, 오똑하니
피라미드 꼭대기에 올라앉은 그이를 보세요

지중해 꽃집

빙하가 녹는단다 사막이 몰려온단다 육지로 둘러싸인 바다 지중해, 겁도 없이 지중해 꽃집 간판 걸었단다 대양으로 나가는 희망의 항구 지브롤터는 여기서 멀단다

어제는 고래의 장례식 오늘은 외눈박이 가자미 결혼식, 꽃 배달 어디든 간단다 꽃집아가씨 꽃 다듬는 전지(剪枝) 소리 바쁘단다 애인도 없단다

과수원 밀어내고 들어선 아파트 바다
그 끄트머리 바다 아닌 바다 지중해
그 꽃집, 날마다 지중해

그녀의 딱, 십오분

자신을 위해 하루 십오분
작은 보울에다 바나나를 하나만 잘 으깨세요
흘러내릴까 염려되면 밀가루를 약간 섞으시고,
홈쇼핑 티비에서 뛰쳐나온 전직 모델의 갈라터진 목소리에
썩기 시작한 바나나 몇쪽 쿡 쿡, 마늘절구에다 으깨는 여자

얼굴 가득 물큰한 바나나죽을 덮어쓴 채
타월 한장 목에 받치고 소파에 길게 누워 시집을 연다
—꽃 그늘 아래 두근거림은 어디 갔을까 흔해빠진 연가를 지나간 추억의 상투성을…… 라일락 꽃잎을 씹어보세요*
그녀에게선 그러나 노랗게 휘어진 바나나향도 시집에서 풀려나온 반달 같은 라일락향도 아닌, 코끝 지린 뭉툭한 마늘 냄새

시집을 덮고서도 계속 시인의 어조로 홍얼대는 그녀
나의 인내는 딱, 십오분이면 족해요
이제 기분 좋게 찬물세수를 할 거예요 반질반질
당신도 놀라 미끄러질 내 얼굴
라일락의 꽃말은 젊은 날의 추억, 사진에서 본
바나나꽃은 식물에 달린 기다란 자줏빛 문고리 같았죠

자신을 위해 하루 십오분, 작은 보울에다 바나나를……
저기 안방엔 여태 화장대 면경에서 빠져나오지 못한 웅녀아줌마,
한쪽 마늘 이야기로 새파랗게 피어난 그녀의 십오분

* 유하의 시 「라일락의 한순간」에서 인용.

시월

늑골 가운데에다 나 활 하나 숨겨두고 있네
심장에서 파낸 석촉의 화살
팽팽한 시위에 메워 이제 당기려 하네

하늘은 오래 명치끝에 매달려
이슬보다 더 고요하네
나의 과녁은
별이나 꽃처럼 눈부신 것이 아니네
빛살만 골라 밟던 바람이나
그늘 비껴가는 어둠 또한 겨누지 않겠네

통증은 먼저 명치를 차고 나가
여문 하늘부터 날카로이 깨트릴 것이네
서둘러야겠네, 이미
열매처럼 무거워져 졸고 있는 저 길들을
앞질러야 하네
시간의 완강한 눈꺼풀 찢어 젖히고

나 끝내 선명한 피의 점안식 치르려 하네

목숨 떨리는 이 반역의 여진
감각의 활줄 위에서 깊이 눈부시리

진공청소기

갑충처럼 생긴 그것의 길쭉한 주둥이가
네가 아끼던 귀고리 한짝을 삼켰다
무저갱의 심연으로 빨려들어간 티끌의 면면들이
뱃속에 한장 압축파일로 내장되어 있을 거라고
등줄기를 치고 가는 어떤 충동, 섬뜩함의 자국

차곡차곡 치밀하게 스크럼을 짜 들어가던
질서의 한 세계가 풀썩, 어둔 먼지 냄새로 눈앞에 찢어
발겨질 때
너에 의해 다시 세상 이쪽으로 거슬러온
엎질러진 물 같은 깨진 유리컵 같은
형상의 파편들, 한움큼
말의 분절음들
개미 날파리의 날개짝까지 쏟아져 나오고
다음 순간, 네게 감춰져 있던 어떤 손이 이렇게
이들을 불러내려 했을까 싶어지는

자세히 보렴, 네가 되찾은 유리귀고리 깐깐한 붉은빛은
정말 이전 그것과 동일한 빛인지를
네가 몸담은 세계야말로 어쩌면
방금 전 너의 손이 열어젖힌 세계, 누구 손에 의해서나
가볍게 찢겨 흩어질 수 있는
흔하디흔한 종이무덤 아닌지를

입원실에서

간병을 핑계로 그녀는
그의 몸속에 있다는 작고 붉은 꽃을 훔칠 수 있을 거라는
다소 엉뚱한 기대에 부풀었다
자신의 입 안 가득, 발화하지 못한 불씨들이
혀뿌리에 촘촘
모래가시로 박혀 굳어가는 듯한
그 절박한 내막에다 한번쯤 내시경을 들이대고 싶던 참이었다

그녀가 눈치채지 못하는 사이, 의사는
정원사가 가위로 꽃 한송이 따내듯 간단하게
그의 환부를 도려냈고
보호자대기실 화면 속의 꽃을 훔쳐보려던 그녀 계획은
보기 좋게 빗나갔다

그녀가 탐낸 꽃은

금식기 환자가 지닌 목마름이나 허기와는 얼마큼 다른 종류의 것일까
그의 위벽에 새살이 돋는 동안 그녀는
위장처럼 길쭉하게 생긴 꽃병에다 몇번 장미를 갈아꽂고 물을 보충했을 뿐이다
하릴없이 되넘겨본 입원실 달력
먼젓번 환자가 표시해둔 형광색연필 동그라미 위에서만 잠시
꽃은 피다 졌고
병원 마당에는 불두화, 그 열매 없는
불모의 꽃그늘만
뭉게뭉게 빛살 속을 떠다니고 있었다

솟대마을에 갔다

솟대마을에 갔다

들머리 총총 장대 끝에
고만고만한 구름의 몸을 입은 물새떼
간단없이 바람의 물살에 떠밀리면서도
저의 가장 어두운 쪽 하늘에다 부리를 묻고 앉아 있었다

당신은 북풍 아득한 기류를 탐하는 기러기로
물냄새 그리운 나는 물오리로
앉아 있었다

각기 다른 하늘의 번개를 품고 앉아 있었다

다부터널

산호색 불빛을 지닌, 고둥 속같이 깊고 아름다운 저 터널이 뒤집어쓴 등성이가 실은 거대한 공원묘지였다니
치통처럼 욱신거릴 망자들 잠이, 뿌리째 들쑤셔져 어정쩡 반공중에 들어올려져버린 스밀 곳 없는 죽음들이 민망해서가 아니라 유예한 내 죽음을 미리 도굴당한 느낌, 누군가 벌레처럼 그 속에다 구멍을 파 들고남을 보아버린 께름칙함

다시 생각건대 그러나 이는 그리 무거운 문제가 아니랄밖에, 저것 또한 삶이 만들어놓은 죽음의 한 형식일 뿐, 죽음은 다만 죽음 그대로 시종 고요할 것이라는 확신과 안도

모동 가는 길

시외버스 차창 너머로 '청원상주간 고속도로 연결부공사'란 입간판 만나
무심히 두 지명 입 속에 담고 웅얼거리다
이제 저 구간은 청원상주 첫 글자를 따 청상고속도로라 불러야 하나
제비꽃터널 바람휴게소 해 잠기는 강과 모래의 화물들 모두, 청상이 지나야 할 백일몽 아닐까

(세세연년 푸른 치마의 시절, 저 산 나무들)
잠시 홍상(紅裳)을 생각하던 청상(靑裳)이
어느 순간 청승으로 건너가다
청상 청승, 내 가는 곳이 어디냐

노변엔 묘목티도 채 벗지 못한 벚나무 가로수들
저보다 덩치 큰 남동생 둘러업은 압록 근처 계집아이처럼
네 부실한 가지에 매달린 겨를 없는 내 마음처럼

꼭 그렇게
애면글면 꽃 피우고 서 있는

길,
네게로 이어보다

주점, 아스코르빈산 3g

단골 술집 '마고'가 간판을 바꿔 달았다
검은 아크릴판에 노란 글씨 '아스코르빈산 3g'
필시, 여왕 마고가 요 며칠 사이 폭삭 늙어
주술이 사라진 마고할미가 돼버린 거다
여왕 특유의 변덕증이 도진 게 아니라면

아스코르빈산, 낯익으면서도 생소한 용어
무슨 말인가, 내 애인이 본다면
콩나물국에 많다는 그 뭔가로 알고서 발칵, 한 소리 뱉을 게 뻔하다
병 주고 약 주나 별 희한한 이름 다 보겠군 숙취까지 지들이 챙기겠다는 거야 뭐야
어쭙잖다고 입까지 삐죽대면서 말이다

아스코르빈산-비타민C의 약전명, 오렌지에 다량 함유
비타민제 드시듯 상시로 술을 삼키시란 얘긴가
오호라, 비타민C의 보고(寶庫), 탱글탱글한

오렌지 속살 같은 써비스를 드시란 소리
오렌지 오렌지타운 아니 오렌지카운티에서
지금 목회자로 있는, 주신(酒神)을 하늘로 받들던 옛친구 생각도 잠깐

비타민C가 보이면 건강이 보인단 말 빌린다면
쭈그렁 마고조차 상큼하게 돌려놓을 묘약이
바로 거기에 있다는 말씀
좋아! 오늘 저녁 당장 화끈하게 한잔이다

그의 마술

시금치밭에 앉는 흑나비와 주홍나비 모양으로
나의 과거와 미래가 숨바꼭질만 한다*

그는 평면사각 빈 들판이다 그의 무대다
검은 모자의 풀무덤에서 끄집어낸
주홍 눈 재토끼, 모자 속에 두고 온
연둣빛 골짜기다 노랑턱멧새다
유리컵 속에 구겨넣은 바랜 종잇장 하늘
자글자글 끓어오르는
새까만 글벌레다 피어오르는 물결나비다
어떤 목마름이 남겨둔
빈 컵 속의 물 한모금이다
바람의 둥근 소맷부리로 빨려들어가는
수수꽃다리 보라 밝은 그늘, 그 향방 없는 방향(芳香)이다
사방 거울의 벽에 갇혀서도 어이없이 웃고 있는 저 여자 가슴에 가로 꽂힌
칼날의 넓적한 푸른 혓바닥이다

호흡과 호흡 사이, 깎아지른 벼랑을

기운 자국 한점 없이 매끄럽게 이어 붙이는
그의 무결한 손놀림은 대체 뉘로부터 훔쳐온 것일까

그의 이면, 환의 저쪽이 더이상 궁금치 않은 지금
햇살을 물어뜯는 초록의 수성(獸性)이
삽시에
들을 삼키리라

* 김수영의 시 「적」에서 인용.

물의 꽃

대야에 부어둔 연분홍빛 섬유유연제
무심코 풍덩 적셔낸 블라우스 앞섶에 뚜렷한 반점을 찍었다
그릇 바닥엔 물이끼처럼 남아 있는
검자줏빛 침전물

그럴지도 모르겠다
내가 본 모든 부드럽고 환한 붉음들은
차디찬 응혈에서 출발했을지
너의 연못에 돋아난 둥근 무늬결도
멀리, 중심에서 아련해졌을 때, 비로소 물의 가벼운 날개를 얻었을지

내가 아는 어떤 묽은 꽃빛깔도
건져낸 핏물 아닌 게 없었으니
너는 어둠을 풀어 만든 새벽
꽃 피어나듯 바깥으로

바깥으로 풀려난 소용돌이의 보폭은

흔들리는 어떤 이의 마음나빈지

제3부

알

개굴개굴 와글와글, 울음의 강보에 싸인 점액질의 슬픔이 있다 몸 전체가 눈알인, 눈알 하나가 곧장, 쏟아지기 직전의 눈물 한 동이인

울긋불긋 차갑고 축축한 내 슬픔의 속내를 빤히, 마주 들여다보는 이 비릿한 눈물송이들 제 어둠의 온기로 부화하는, 몸집보다 커다란 울음주머니를 예비한

물억새 군락을 지나다

당신이 내 잠 속에 풀어놓은 새떼, 천 마리 만 마리 물새떼

물새떼가 물고 온 호수와 호수가 불러 모은 구름과 구름이 일깨우는 비와

비의 덩굴손 끝에서 섬광으로 터지는 꽃잎과 꽃잎에 맺히는 물구슬 열매, 열매 속에 들어서는 바람과

당신이 풀어놓은 수만 수천 물갈퀴의, 울음 품은

비 바람과

활을 당기는 헤라클레스*

어느 낮이 지나간, 자이언트 주점 2층 유리진열장에는
수년째, 알몸의 헤라클레스가
엉덩이도 삐딱하게 기타삼매경에 빠진 젊은 엘비스와
천진스런 표정의 아인슈타인 인형 사이를 지키고 있다

활허리를 움켜쥔 그의 왼쪽 팔뚝
힘줄들이 잔뜩 긴장해 있다
수위도 없이 흘러내린 신화 언저리에서, 오늘은
갈기와 뿔을 세운 어떤 정체 미상의 적이 나타나 그의 화살을 잡아채려 들까

그의 눈이 가 있는 어디에도 과녁은 보이지 않고
나는 새삼, 과녁을 잃은 헤라클레스의 화살 끝이 궁금하다
밤하늘에 떠 있다는
그의 성좌가 바로 과녁 아닐까, 기껏 술주정 같은 혼잣말
(아직도 자신의 운명을 향해 활을 당기는 자가 있다

고?)

분명한 건, 신들이 버리고 간 별자리나 돌보려는 자는
이 도시 어디에도 남아 있지 않다는 사실이다
유리벽 안쪽 거인들 어깨에도 먼지와 소음이
주점 불빛이 취기처럼 덧쌓이고
환영의 거리를 빠져나온 나는
표정 없는 동시대의 엘비스와 헤라클레스와 아인슈타인을 지나쳐 걸어간다

헤라클레스는 여전히 엘비스의 기타 선율과 아인슈타인의 미소 가운데 놓여 있다
헤라클레스는 여전히 여름 하늘 거문고좌와 목동좌 사이에, 엉거주춤
거꾸로 매달려 있다

* 조각가 부르델의 작품.

활주로

남도행 고속도로 오르막 차선
하얗게 타오르는 콘크리트 노면 위
여러 날 바퀴의 중량에도 상하지 않은
청회색 날개 두 쪽
흔적뿐인 몸체에
모질게 붙들려 있다

날아오르려
제 본디 자리로 돌아가려
파드득파드득 안간힘 쓰는
식은 날갯죽지와
날개의 뿌리 끝을 악착스레 물고 놔주지 않는
잃어버린 몸, 혹은
대지의 다만 앗기지 않은 속성 같은 것

(하늘과 땅은 여태도 팽팽한 대립항이다)

시든 깃털 일으켜 세우는 바람과
바람의 틈서리에는
피얼룩처럼 들러붙어 파들대는
그림자새가 있다 지워져버린 허공의
밑그림이 남아 있다

휴일

봄볕 돋자 간간이 이삿짐 챙기는 이웃들
멀거니 쳐다보다
이참에 나도 후딱, 낡은 살림살이나 정리하고 말까
꽃대 따라 밀어올린 허공의 방, 창턱에다
휘청휘청 긴 목 사다리 구해다 비스듬히 걸쳐두고

남창 밖으로 좁장하게 달아낸 여분의 공간
구름을 쌓아두던 덧창과
너풀너풀 귓바퀴만 자라버린 얇은 벽 먼저 떼어내고
장롱 밑바닥에 가라앉은 솜이부자리와
책갈피 속 곰팡내 침침한 편집증도 걷어내
한짐 빼곡 사다리에 싣는다

나는 내심 내 빈방을
원 주인인 고요와 어둠에게 온전히 돌려주고 싶은 거다
먼지알갱이들 함께 구석이나 모서리로 밀려난 존재들
도깨비처럼 움쭉, 천장으로 올라붙는 방바닥과

바닥으로 내려 스미는 천장도 그대로, 개중엔 물론
내 가벼운 기척에도 끝내 모습 드러내지 않는
그런 면밀한 어둠의 씨톨들도 있으리라 짐작하지만

표정

서울역 화장실, 토닥토닥 화장중인 또래의 처녀에게 건네지는 거울 속 여승의 눈빛 아슴하다 더러는 저 눈빛을 본 적이 있다 동성로 현란한 거리에서 지나가는 남녀를 보던 밀짚모자 속 어린 여승의 눈빛도 저것이었다 찰나 속의 하염없음

예초기가 지나간 풀밭 위의 바람 냄새, 애벌 깎은 나무의 속껍질 냄새, 놋식기의 엷은 쇠비린내, 감기 끝에 돋아난 생비린내, 갓 버무린 겉절이 냄새 같은

사람의 냄새

어둑살 내린 직지사 대웅전, 찢어진 파초그늘에서 훔쳐들은 젊은 스님네의 염불 소리도 저 부근에 있었다 세상 어떤 처연한 울음의 표정과도 닮지 않은 특이한 슬픔의 질감이 거기 있었다 손끝으로 쓸어본 그것의 표면에는 흑점 같은 어혈 같은

목탁 소리 물소리에도 풀리지 못한 단단한 기포가 남아 있었다

쉬이 물크러지지 않을 열망의 그림자를 앞세우고 가는 저이들의, 몸이 고요해지고서야 끝내 닿을 수 있다는 그곳은, 어디

느티 속의 느티구름

정교한 이등분, 반신은 죽어 있고 반신은 살아 있는
그 기묘한 느낌의 느티나무는 남도 한 고택 바깥마당
에 있었다

어떤 자의식이 그를 저리 몸 밖에다 세워두려 했을까
몸, 그 한량 없는 아득함으로
커다랗게 그림자를 일으켜 세워
곁에다 붙들어둘 수 있다니

출렁이는 동쪽 가지와 검게 탄 가지 사이, 무엇이 있
었나
창문을 기웃대던 적설의 눈썹과
함석지붕을 밟고 간 먹구름 발자국
굴뚝새가 물고 나간 불씨를 찾아 두리번대는 화덕의 그
림자
무지개는 그럼 어느 가지에다 걸어두어야 하나

아직 한번도 이 세상에 온 적 없는 그런 신비한 초록을
기다리듯
내 속에서 걸어나간 나를 마중하지 말란 법도 없겠다
싶어
나도 그날 우두커니
해를 가리고 선 일식의 환(環)처럼
겉몸 위에다 속의 몸을 겹쳐 입은
한그루 나무 형상의 이상한 시간 안에 있었다

어둠의 단애

저문다는 것, 날 저문다는 것은 마땅히 만상이 서서히 자신의 색을 지우며 서로의 속으로 스미는 일이라야 했다 알게 모르게 조금씩 서로의 그림자에 물들어가는 일이라야 했다 그렇게 한 결로 풀어졌을 때, 흑암의 거대한 아궁이 속으로 함께 걸어 들어가는 일이라야 했다

너를 바래다주고 오는 먼 밤, 제 몫의 어둠을 족쇄처럼 차고 앉은 하늘과 땅을 보았다 개울은 개울의 어둠을 아카시아는 아카시아의 어둠을 틀어 안고 바윗덩이처럼 딱딱하게 굳어가고 있었다 누구도 제 어둠의 단애 밖으로는 한발짝도 내딛지 못하고 있었다 한 어둠을 손 잡아주는 다른 어두움의 손 같은 건 볼 수 없었다

빨래꽃

추위 조금 풀린 날
헌 신문지나 정리할까 햇볕 드는 베란다 문 여는 순간
잠시 휘청했습니다, 묘하게 감각을 흔드는 향기
담배꽁초 매운 내마저 가볍게 눌러 끄는
무엇일까 이것은, 그새 한란이 꽃 피워낸 줄 알고
난분(蘭盆)에 다가가 고요한 잎새들만 이리저리 뒤적였습니다
무심코 전망창 왼편으로 고개 돌리니, 아
하늘색 빨래걸이에 말그레 웃고 있는 몇잎의 빨래
그것의 입김이었습니다, 프리지어향 산뜻한

악몽

그림자를 잃었다는 낯선 젊은이와
악마에게 영혼을 맡겨둔 파우스트 박사
이들 두 사내의 뒤를 밟다가
골목길 모퉁이에 슬며시 주저앉아버렸지
누가 저의 그림자나 영혼을 주물러 술을 빚건 송편을 빚건
어디 내가 신경 쓸 일이냐고
더 말 안되는 건, 그림자 영혼 이 둘 중
어느 것이 중할까 하는 궁금증이
여름날 상사화 대궁처럼 담장 아래 울컥, 목줄기를 뽑은 일
하얗게 비어 있는 내 양 손바닥을 오목접시 삼아
왼편엔 영혼 오른편엔 그림자로 나눠 담고
무게라도 짚어보고 싶었지 어떤 신비주의자들은
영혼의 평균 무게 고작 일 온스 정도라 했다지만
신출귀몰 한시도 가만있지 못하는 그림자와
소재조차 불확실한 영혼을 누가 무슨 수로 한 저울에

다 계량해
나무로 치자면 그림자는 땅에다 뿌리 둔 나무
영혼은 그 뿌리를 하늘에 둔 나무쯤 되려나
가등 아래 한껏 키를 늘이고 선 저 벽오동 그림자와
그 낯빛 붉은지 푸른지 알 길 없는 벽오동 영혼이
글쎄, 한방에 기거한다는 당신 말만큼 어떻든 믿고 싶으니
이 비몽과 사몽의, 가시와 불가시의 담벼락에 등 붙이
고 앉아
나 지금 무슨 사설의 피륙을 짜는 건지 푸는 건지
알지? 문제는 그게 아니란 걸

나의 그림자 나의 영혼
악마도 아닌 당신이 어느결에 도르르, 담보물도 없이
걷어가버린 그것
분명한 건 이제야말로 그런 당신을 팔아
그림자 영혼 두루 갖춘 내 온전한 몸뚱이를 되찾아오
고 싶어졌다는 사실

누구지?

비어 있는 그의 방에서 새나오는
귀익은 숨소리
희미하나 규칙적인 코 고는 소리

나 모르는 어느 문으로
기척 없이 그가 돌아와 잠들었나

귀우물 가득 차오르는 빈 숨소리, 쭈뼛쭈뼛
잡풀로 돋아나는 무서움증까지

불을 켜려다 말고 다시
그의 눈을 들여다보듯 어둠속을 들여다본다

알껍질 속 날짐승처럼
두 발을 검은 날개로 싸고 누운 고단한 바람사내
빈방이 그럴 리야, 부화의 기척

우기

옛사랑의 남자는 비는 내리는 것 아니라
하늘로 솟구치는 거라 우기더니
어느 시인은 오늘, 솟구치는 건 토하는 것이라 쓰고
있다
내리퍼붓는 장마폭우
기진맥진 되받아치는 신천 수중분수 물기둥과
콘크리트 방음벽 너머, 하늘 속으로
푸른 체액 주르르 쏟아붓는 담쟁이덩굴이 있다
솟구치는 햇살폭포 솟구치는 눈꽃보라
흐르는 영사막, 눈 속 세상엔
뿌리째 송두리째 울꺽울꺽 저의 심연을 게워내고 있는
역하고 휘황한 것들 천지다

타임캡슐

종로 보신각 지나다 말고, 그날
서울정도육백년기념 타임캡슐 매설이 있던 날
지하 십오 미터 우리의 도읍지에도
하나, 장난처럼 묻어둔
저기 종 모양의 타임캡슐을 생각한다

캡슐 안에 봉해 넣은 마음의 첫 꽃씨
몇 롤 필름과 바람빛 영상
동성로행 버스토큰, 씁쓸한 깡통계좌의 추억
네 서른거리 풍물, 안주머니 속
칼칼하던 신용카드 한장의 안부까지

어느새 심정의 한 세기를 거치고 있으니
온기의 시간을 지나 그들
부장품처럼 삭아버렸다면,
오늘의 신용 등급은 마이너스, 혹 플러스?
현금카드는 지금도 유효한가

사백년, 남은 여정은 내게
끝내 따라갈 수 없는 영원의 동의어라서
아예, 이슥한 이 어둠을 틈타
너 몰래 슬쩍 파내보면 안되나 한번만 딱
확인하고 오면 안되나

리허설

그의 문병차 들른 대학병원 중환자실, 창밖을 보는 이의 시선엔 상식의 의표를 찌르는 장례식장 붉은 문자등(燈) 무슨 긴한 절차라도 밟듯 아이 손을 쥐고 쉼 없이 병실로 찾아드는 일가붙이들 그를 미리 죽음 쪽에 옮겨 앉힌 채 남은 시간 일일이 남은 자들의 배웅을 받게 하는 일은 환후 이상 끔찍해 보인다 삶의 편에서 말하자면 이는 조문 리허설 같은 것 나 또한 적이 평온한 얼굴로 그의 여윈 손을 잡고 몇마디 더운 말을 건네지만 이미 한 장 네거티브 사진으로 고정된 눈에 스치는 어떤 애잔함과 스산함을 보고 말았다

제4부

장미의 내부

플로럴 방사선으로 찍었다는 장미의 내부를 들여다
본다
고요한 수정불꽃, 식탁 위에 놓인
가벼운 와인잔 같은

꽃의 흉곽 속에는
빛 그림자 어둑한 숲의 현관이나 장미라 이름 붙은
붉은 소용돌이은하 대신
나비가 버리고 간 가느다란 대롱과 흐린
입술지문만 남아 있다
죽은 공기조차 흔들어 깨우던 한방울
독액의 향기는 가시심장은 어디로 사라졌나, 그에는
삼경에서 사경 사이에만 장미를 채집한다는 향수제조
자 이야기와
장미혼을 믿은 한때의 몽상이 스며 있다

장미를 뚫고 나간 날카로운 낯선 빛이

꽃을 향한 내 소갈증만 부추겨놓은 셈
한다발 장미에로 다시 눈이 가닿는, 나는 지금도
그녀의 내부가 궁금하다

플라타너스

시내로 편입된 외곽 도로변 버즘나무는
수구파로 몰려 처형당한 지 이미 오래

묵은 사진틀 안의 얼굴인 그가
이 번화가에 다시 나타나면서 데리고 온
연고 없는 친화력이 늘 성가시고 궁금했네
여느 수종에 비해 유독 늦되는,
겨우내 마른 열매만 엉거주춤 쥐고 있다가
봄 끝자락에서야 잎을 틔우는 딱한 모습부터
절지 부위마다 흉하게 말라붙은 검붉은 진물이나
부스럼딱지처럼 부풀어오른 새살 보며 느끼는
설명 못할 둔통의 배경에 이르기까지

어설픈 내 갈비뼈 서너 개 부러진 지난겨울
흑백 엑스선 사진을 눈여겨보면서 알았네
자생의 진액으로 두껍고 단단하게 접합된
나의 늑골이 바로

버즘나무 흉터를 닮아 있음을, 하나
제 상처 쓸어안는 고통, 그 일그러진
표정의 정직함말고는 나의 무엇이 그와 가까운가

허물로 벗어내릴 각피층 아래
그의 깨끗하고 고운 척추뼈를 진작 엿보았으되
나 아직껏 귀 열리지 않아
하늘 종루에 가볍게 매달린 무수한 종소리에서
신성(神性)의 황홀한 음성 한마디 골라 듣지 못하겠네

그래 누구에게나
저의 이름으로 키우는
베어낼 수 없는 한그루 나무는 있을 것이네

꽃 진 자리

꽃잎 지고 난 가을 뜨락에서
한 중심을 향해 둘러앉은 시간의 고분군을 만납니다
불붙어 싸우던 허공마다
깜깜하게 깊어진 그늘 하나씩 봉분처럼 돋아올라
가만가만 빛을 삼키며 침묵의 블랙홀로 가고 있네요
가벼이 날아오르고 싶은 바람홀씨들
기억 저 끝과 이 끝은 유물로 가라앉아 있을까요

벽화 속의 채운(彩雲) 하늘과
하늘을 기울여도 쏟아지지 않는 붉은 해
해의 동공에 사는 세발까마귀 눈뜨고, 웅얼웅얼
오음 음계 오랜 노랫소리 꽃물처럼 번져나와
바람 깨워 흔들며 내게로 스밉니다
그 노래를 배음으로 이울었다가 다시 부풀기도 하는
먼바다의 더 먼 별자리까지 궁상각치우, 익고 익어 따스합니다

파이프오르간

남도의 왕대밭 지나다 성당에서 들은 고색창연한 파이프오르간 소리 다시 듣는다 하늘천장을 수직으로 받치고 선 이 묵직한 청동 파이프 다발 속에도 그윽한 울음의 때를 기다리는 따뜻한 공기기둥들이 들앉았는지, 어둠 깊은 바람상자 속에 갇혀 치잣빛으로 익어가는 새벽바다와 댓잎 건반을 두드리다 돌아가는 서느런 손끝의 햇살

잔광의 사원 같은 겨울 기슭 왕대밭에서 메시아여 메시아여, 예언처럼 아득한 당신 목소리의 궁륭을 본다 온몸으로 갇힌다

달의 난간에 기대다

구릉 위의 찻집 달빛에서 우리가
십년 전의 네 파도 소리에 귀 기울일 동안
해안선 모양으로 휘어진 선로엔
삼사분에 한번씩 기차가 지나갔다
(종착 없는 물결의 오고 감, 달 기운에 붙들린 썰물과
밀물처럼)

거의 아흔번째 기차의 짧은 신호음을 끝으로
분주하던 바퀴 소리 그치고
나는 깜빡
제라늄 꽃떨기 분홍으로 바래가는 낡은 역 승강장을
최초의 빛 최초의 기적으로 미끄러져간
내 기차의 이마 환한 불빛의 눈을 본다
밤이 빈 가지 끝에 등롱을 매달 동안
너는 네 몸속 백양나무숲과 조곤조곤 옛날의 별들을
건져 유리창에 붙인다

망망대해 어둠의 해면을 표류하는 달빛
하늘 가장자리로 흘러내린 입김이
청보리 뿌리 들어올리며 결정의 얼음꽃을 피울 때
새벽차를 잊어버린 너는 바다 너머로 흔들리고
그 흔들림 뒤꼍 이곳은 달의 난간인 듯이

다도해

이 바다 파도는 이름 그대로 작고 큰 섬들의 완충에 일생 고요하다 섬이 섬을 싣고 흐르는 연안해류를 타고 가까이 무인도에 피었다는 흰 동백 소문이 뱃전까지 닿는다 바다는 순풍의 결로 동백 속에 들어가 눕고 동백꽃 함께 울고 싶은 내 몸에는 먹빛 저릿한 파도가 돋아나기 시작한다 아직은 설익은 흰 동백 빛깔 울음을 지닌 바다, 파도

선실 유리창을 통해 들여다보는 하늘의 막막한 푸른 깊이 소금기 우련 밴 유리창에 맞은편 유리창이 되비치어 무한으로 창 하나 새로 트이고, 허구의 창 저편에서 나를 보는 마른우물처럼 요요한 바다의 눈

뚱딴지

들어봐, 이건 책에도 없는 얘기. 옛날옛적 이 마을에 푼수끼도 좀 지닌 그렇고 그런 마녀가 살았대. 밤이면 빗자루로 저 하늘 이 하늘 날아야 하고 낮이면 또 낮대로 일감이 잔뜩 밀려 있어 꾸벅꾸벅 졸기도 잘했대. 뜨개질용 쇠비름이랑 가시풀 거두기, 정원의 장미꽃잎에 번진 잿빛 곰팡이 닦아주기, 연못 가득 부레옥잠 개구리밥의 잔발 빗어주기가 다 그녀의 몫이었지

누적된 불면에 현기증까지 겹친 마녀가 어느날 굳게 성문을 잠가버렸어. 부엌의 밥솥 타이머를 정확히 백년에 맞춰두고 풍덩, 잠솥에 빠져버린 거야. 재미있지 않니? 백년 동안의 뜨거운 솥단지를 생각해봐. 그동안 여기서는 상상할 수 있는 모든 일들이 다 일어났지. 스르륵 담장 위로는 능구렁이가 기어다니고 마당 가득 가시풀, 제 가시에 찔린 장미꽃들은 째액째액 목청도 새빨갛게 비명을 질러댔지, 왕자도 몇 다녀갔지, 뿐이겠니, 사다리를 타고 오르는 악동들, 담장 밖 느티나무에다 목을 매듯 그네를 매는 처녀들, 누군가는 마녀는 죽었다 소리쳤고

어떤 농부는 그해 당장 울밑에다 한그루 사과나무를 심었는데 해마다 주렁주렁, 저 사과가 다 그의 것이라나

밥솥에서 새나온 김이 창을 가리고 양파 모양을 한 성의 지붕까지 가렸을 땐 앵앵 불자동차가 다녀갔대. 더러 자욱이 달과 별을 가린 날은 역술인이 다녀갔다는 근거 있는 소문도 있단다. 물론 그녀 꿈속까지 다녀왔다는 현자도 있고 말야. 그에 앞서 백금열쇠 수정열쇠를 가진 열쇠수리공도 다녀갔지만 결코 마녀의 잠은 열 수 없었대. 거 무슨 비밀의 화원이기나 한 듯이

저기 하얀 김에 싸인 성이 보이지, 마치 눈 덮인 숲을 보듯 신비롭지 않니? 오랜 세월 마녀의 부엌에서 흘러나온 김은 둥둥 공중을 떠다니는 음악이 되고 구름이 되고 비가 되어 다시 마을에 내린단다. 지하수로 되돌아오는 그 물을 마시고 사는 사람들 언젠가는 모두 바닥 없는 잠의 우물에 빠지게 될지도 몰라. 그처럼 위험한데도 왜 누구 하나 마을을 떠나지 못하냐구? 그야

백년 동안 서서히 뜸들어가는 구수한 밥냄새 때문이

지. 봐, 개나 고양이조차 성 둘레에서 주야로 코를 실룩거리지. 넝쿨장미가 칭얼칭얼 담장을 똬리 틀며 오르는 것도 알고 보면 저 유서 깊은 냄새의 힘 아니겠어. 하여튼 이 마을엔 '백년'을 이부자리로 깔고 덮은 한 무섭지도 않은 마녀가 있대. 백년이 끝나는 그날이 대체 언제냐구? 그야 알 수 없지. 어디서도 마녀가 깨난다는 얘기가 없는 걸 보면 문제의 백년, 아직 멀었어, 걱정 마. 안심해!

나를 지나가는 월식

사월에서 오월로 가는, 봄 이울 무렵의 백색 꽃무리
화아하게 부셔서 뉘 눈에다 감춰둘 순 없겠다
백철쭉 꽃무덤이 그러하고
뭉싯뭉싯 이팝꽃 조팝꽃이
아카시아 구름 꽃타래가 그러하다

생각해보면
세상 모든 꽃빛 속에 숨어 사는 저 궁극의 흰빛, 빛들의 혼융
복사 분홍빛이 어떻게 연분홍 들녘을 지나 파삭파삭
달의 해안을 찾아가는지
수국의 흰빛이 어떻게
엷푸른 하늘빛을 거치며 바래가는지

한동안 가까이서 지켜본 적 있다
타오르는 모든 형태의 불꽃들의 정수리에
날개처럼 떠오르는 빛의 심연

꽃들은 그렇게 순간순간 제 안의 색을 꺼내 여름 쪽으로
열매 쪽으로 건네주고
그렇게, 이울 무렵의 꽃빛은 일체의 흰빛 속으로 회귀한다

올올 바람의 무명 실타래에서 풀려나와
한나절 계절의 이마를 밝히다 해의 늘어진 옷자락 안으로 감겨 들어가는
꽃빛 흰빛,
그립고 아쉬운 처음의 빛이다

화살나무

화살나무는 온몸으로 화살나무다*

내 정원의 화살나무는
그 붉디붉은 그늘을 몇겹 유리질 허공과 맞바꾸고 있다
차고 딱딱한 그의 허공 속으로
가차없이 파고드는 강파른 바람의 몸

흔들리는 진공의 별을 표적으로
그가 쏘아올릴 화살이란 게
저렇듯 서슬 퍼렇게 갈기 세운 저의 몸이면
그가 지닌 비장의 무기는 바로
금강의 화살촉, 가지 끝
투명한 겨울눈인가

그의 몸에 지느러미처럼 달린 각질의 날개는
뼛속에 감추고 있던 하늘이 바깥으로 비집고 나온 것
일 뿐
흔적기관으로서 날개란 단지

마음이 가닿고 싶은 하늘의 바다의 다른 표정임을

언제는 황록빛 꽃의 중심에서
바람의 뜨거운 겨드랑이짬에서
가시로 박혀 있는 그의 별을 만난 듯도 하지만

그가 풍경으로 있는 내 정원은 이맘때쯤이면
늘 낮은 지층 유황 냄새만 자욱하다

* 황지우의 시 「겨울－나무로부터 봄－나무에로」에서 변용.

삽화
부산역

광장 왼편 경사로를 끝도 없이 오르락내리락,
질척이는 소음의 늪지를 지나
바람을 흔드는 새떼들의 하늘 지나
낯선 길 하염없이 가고 있는 젊은 그녀 본다
겨잣빛 표정 위에 스치듯 피었다 지는 햇살 꽃송이 본다

얇은 손에 움켜쥔 알루미늄 맥주깡통 깡통 속에 갇혀 휘모리 자진모리 퍼렇게 기진해 넘어지던 정오의 바다 쏟아지고 산발한 검은 머리칼 너머로 메마른 수평선이 비명도 없이 구겨지고

무거운 하역의 시간을 풀어내듯 나른히 어둔 물살에 발목 잠그고 선 그녀의 얼룩덜룩한 방뇨자국, 바다 쪽으로 부푼 치마폭은 접안의 흐린 부두일까 치마폭 북북 찢어 돛 올리고 싶은 몸은 기실 제 그림자 속을 표류하는 한척 멍텅구리 배일까

훅, 물비린내 끼치듯 내게로 뻗치는 요의(尿意)!

조계사 연등 아래

초파일 조계사에서
명부전 하늘을 서늘히 식히는 백등의 물살에 잡혔다
오월 느티바람에 나부끼는 망자들의 이름표
화사한 그 흰빛 어둠이 나를 빨아들여
자칫 외마디 소리라도 지를 뻔했다
저 기슭과 이 언덕이 한 처마 밑이라니
한 꽃밭 속이라니

채색 연등이 하늘을 들어올리는 대웅전 뜨락에서
명부전까지는
내 좁은 보폭으로 스무 걸음 남짓
한끼 메조밥 지을 동안의 꿈*과
한식경 기다림이 전부라 한들
핏속에 넘쳐 날뛰던 붉고도 푸른 빛이
흰빛으로 고요해지기까지
누구나 전생을 건너왔다 하지 않겠는지

더운 몸빛 아직도 벗고 싶지 않은 나는

무거운 이의 등 하나 선홍으로 골랐다

비에 상할라 비닐막 입힌 이름표 공중에 덧달면서

행여 썩지 않는 서원과

잎 피우지 못하는 불빛을 생각했다

* 일연의 『삼국유사』, 조신(調信)조에 붙인 게송 "……不須更待黃粱熟 方悟勞生一夢間"에서 인용.

내 입 속의 서해 뻘밭

골목시장 스티로폼 수조에
굵은 백합조개 서너 알
흐미하게 붉은 혀를 댓자나 빼물고 있다
뭔 혓바닥이 저리 길담, 생각 없이 불쑥 내뱉다 말고
아니지 참 저건, 혀 아닌 발이라지 저걸로
모랫바닥을 움키며 기어가는 거라지

끄적끄적 물밑을 외발로 가고 있을
저들의 모양새를 그리다가
패각에서 입술까지의 비유로부터
한발짝도 달아나지 못한 자신이 어이없다 싶었지만,
아무래도
두 장의 굳은 입술 사이에 신음처럼 끼인 저것은
혓바닥말고는 달리 이를 말이 없다는
생각, 더듬더듬
불빛 휘황한 도회의 밤을 가는 나의 발은
굳이 입 속에 감춰져 있어야 하겠다고,

내 입 속 서해 뻘밭엔

밤 사이 천리를 달리는 발 없는 말도 매복해 있지 않은가

한모금 공기로 마른 구개를 축이며

뿌리도 없는 하늘 움켜잡고 가는, 때로

거꾸로 서보고도 싶은 나의

발톱 감춘 또하나의 발을 살펴본다

카프카의 잠 속으로 들어간 바닷가재 한마리

백화점 지하매장에서 본 꽁꽁 묶인 바닷가재 한마리
넓적한 접시에 담겨 내 침대 위에 놓여 있다

이게 왜 여기 있지, 어떻게 사람들은
이 딱딱한 등껍질을 열고 들어가 부드러운 잠의 속살을 파먹을 수가 있지
예리한 포크나 큼큼한 손가락으로?

기왕이면 백포도주도 한잔 곁들였으면 좋겠네, 잠꼬대하듯 느물대는 나는
이미 그것의 달큰한 속살을 꺼내 먹는 중이다
접시 위엔 헐렁한 붉은 껍데기만 남았다
꽤 실속 있는 녀석이잖아 빈 몸통을 침낭 삼아 훌러덩, 뒤집어써도 좋겠군 어디 한번……

내일 아침 그들은
각질로 된 등허리를 반듯하게 침대에 대고 누워 있는,

활 모양의 딱딱한 마디들로 나뉜 기다란 복부를 가진, 수
많은 다리를 쓸데없이 허우적거리는*
　전혀 새로운 모습의 나를 발견할 수도 있을 것이다

* 카프카 『변신』에서 인용.

안개주의보

수성못 02시, 물안개가 가볍게 도시를 세상 저쪽으로 안아 올린다 이 몽환적인 야경을 두고 누구는 약간 싸구려화가 냄새가 난다 하고 누구는 못 전체를 포옥 한 숟가락에 떠 담을 수는 없을까 묻는다 횡으로 손 잡은 가등 불빛 여남은 송이가 수면으로 뛰어내려 연등처럼 흔들린다 너는 일렁이는 안개숲이나 불빛 꽃잎사귀 안에 다만 출구 없는 방 한칸 갖고 싶다

네가 마신 안개와 너를 들이킨 안개, 이들의 연대는 소리의 입을 막고 가로수 우듬지 가늘게 떠는 숫구멍까지 눌러 덮었다 자늑자늑 풀솜처럼 네 잠을 덮어 잠을 지우며 하늘로 범람하는, 안개는 이제 위험수위다 수심을 향해 섬인지 쪽배인지 흐릿 느릿 다가가는 그림자 거기, 밤마다 익사하는 네 꿈을 지켜본다

밤, 너의 집은 안개 저편에 있다

거울연못

소꿉시절 잃어버린 손거울을 꿈에서 찾았다
내 손바닥 안의 작은 연못
빛의 방죽길

못물 가라앉아
거울은 이제 항아리에 숨겨둔 하늘처럼 깊고 고요하리라
두근두근 나를 담아주기도 하리라, 다시 찾은
거울의 못둑에 쪼그려 앉아
얼굴을 비춰보는 한순간

흙비, 유년의 꽃밭을 무섭게 매질하는 흙비
마당엔
나무들이 쏟아낸 푸른 피만 낭자하다

얼굴을 잃어버린 당신이
흐린 내 잠거울로 걸어 들어와
스삭스삭 칼 가는 소리로 폐허의 꽃바닥을 쓸고 있다

■

해설

투시의 시학

이혜원

류인서는 '견자(見者)'로서의 시인의 미덕을 충실하게 보여주는 시인이다. 그 시선의 특징은 사물의 표층을 꿰뚫는 날카로움에 있다. 아무리 작고 평범한 사물일지라도 시인의 시선이 스치면 감추어진 색다른 의미를 드러내게 된다. 투시광선 같은 예리한 시선을 통과하면 고요히 침묵하고 있던 내면의 세계가 새로이 열리며 다가온다. 좀처럼 감정을 싣지 않는 투명한 시선이 더욱 명징하게 내면의 세계를 확장한다. 표면의 관찰보다 내면의 투시에 더 관심이 많은 시인은 종종 '거꾸로 보기'나 '뒤집어 보기'를 시도한다. 전도된 시선에 의해 새롭게 존재의 본질을 발견하고 싶은 것이다.

사소하기 그지없는 사물과 일상에 대한 시인의 골몰한 시선은 자칫 쇄말적인 관심사에 그치기가 쉽다. 그러나 그 시선의 뿌리는 늘 집요하게 존재의 본질에 대한 의문을 향하고 있다. 가령 진공청소기에 빨려들어간 귀고리를 추적하는 눈길은 결국 "네가 몸담은 세계야말로 어쩌면/방금 전 너의 손이 열어젖힌 세계, 누구 손에 의해서나/가볍게 찢겨 흩어질 수 있는/흔하디흔한 종이무덤 아닌지를"(「진공청소기」) 의심하는 존재론적 질문에 가닿는다. 사물의 유약함과 덧없음이 존재의 모습과 별개의 것이라고 생각하지 않기 때문이다. 시인은 사물에서 포착한 인과의 법칙을 존재의 비의에 능숙하게 적용한다. 섬유유연제에 탈색된 블라우스의 검자줏빛 침전물을 보면서 "내가 본 모든 부드럽고 환한 붉음들은/차디찬 응혈에서 출발했을지"(「물의 꽃」) 모른다고 추론하는 사유의 방식으로 존재의 본질에 다가간다. 사물의 이치와 핵심이 존재의 본원에 맞닿아 있다는 생각이 현상 너머의 내면에 대한 관심을 낳는다. 꽃을 보더라도 시인은 그것의 현상적 아름다움 이상으로 내면의 섬세한 흔적들에 눈길을 보낸다. 화려하고 강렬한 빛의 어둡고 고요한 그림자에서 존재의 기원을 더듬는다.

한동안 가까이서 지켜본 적 있다
타오르는 모든 형태의 불꽃들의 정수리에
날개처럼 떠오르는 빛의 심연
꽃들은 그렇게 순간순간 제 안의 색을 꺼내 여름 쪽으로
열매 쪽으로 건네주고
그렇게, 이울 무렵의 꽃빛은 일체의 흰빛 속으로 회귀한다

—「나를 지나가는 월식」 부분

시인이 특유의 투시력으로 "가까이서 지켜본" 꽃은, 심연에서 빛을 길어올려 환(幻)을 일구고 다시 흰빛 속으로 회귀하는 존재의 비의를 함축하고 있다. 흰빛은 빛이 무화된 상태이자 모든 빛의 원천이며 심연에 해당한다. 존재의 심연 또한 이처럼 가시적인 현상 너머에 자리잡고 있는 깊고 광활한 세계이다. 순간적으로 명멸하는 빛은 심연을 꿰뚫고 솟아오르는 존재의 본질을 현시한다.

조치원이나 대전역사 지나친 어디쯤
상하행 밤열차가 교행하는 순간
네 눈동자에 침전돼 있던 고요의 밑면을 훑고 가는

서느런 날개바람 같은 것
아직 태어나지 않은 어느 세계의 새벽과
네가 놓쳐버린 풍경들이 마른 그림자로 찍혀 있는
두 줄의 필름
흐린 잔상들을 재빨리 빛의 얼굴로 바꿔 읽는
네 눈 속 깊은 어둠

실선의 선로 사이를 높이 흐르는
가상의 선로가 따로 있어
보이지 않는 무한의 표면을
끝내 인화되지 못한 빛이 젖은 날개로 스쳐가고 있다

—「교행(交行)」 전문

이 시에서는 밤 열차가 교행하는 순간 던져진 빛의 잔상을 통해 존재와 시간의 본질에 대한 날카로운 통찰을 행하고 있다. 조치원이나 대전역사 지나친 어디쯤을 지나는 여로의 중간에서 느닷없이 교행하는 열차를 보며 퍼뜩 정신이 드는 것처럼, 무감각하게 지나던 인생의 행로에서 갑작스럽게 감지하게 되는 존재의 본질에 대한 직관이 그려진다. 밤 열차가 교행하는 순간의 뚜렷한 두 줄기 빛은 지나온 과거와 다가올 미래의 시간을 감각적으로 체현한다. "아직 태어나지 않은 어느 세계의 새벽"과 "놓쳐버린 풍경들이 마른 그림자로 찍혀 있는 두 줄의 필름"이 고요하게 침전되어 있던 의식을 깨우며 선명하게 각인된다. 빛의 잔상처럼 무한대로 이어지는 시간의 흐름이야말로 가시적인 세계에서 망각하고 있는 존재의 본질일 것이다. 육안으로 보이는 실선의 선로 위로는, 보이지는 않지만 길고 뚜렷한 무한의 선로가 있어 우리를 이끌어가는 것이리라. 일상의 순간들에서 현상의 표층을 넘어서는 존재의 본질을 끌어내는 시인의 통찰력은 남다르다.

대합실 장의자에 걸터앉아 심야버스를 기다린다
왼쪽 벽면에 붙박인 거울을 본다
거울의 얼굴엔 마치 벽 속에서부터 시작된 듯한
뿌리깊은 가로금이 심어져 있다
푸른 칼자국을 받아 두 쪽으로 나누어진 물상들
잘못 이어붙인 사진처럼
하나같이 접점이 어긋나 있다

그녀의 머리와 목은 어깨 위에 서로 비뚜름히 얹혀
있다

결에 앉은 남자의 인중 깊은 윗입술과 아랫입술이
멈춰선 톱니바퀴처럼 비끗 맞닿아 있다
그 무방비한 표정 한 끝에 아슬하게 매달린 웃음을
훔쳐보던 내 눈빛이, 스윽
균열의 깊은 틈새로 날개꼬리를 감춘다
물병에 꽂힌 작약, 소스라치게 붉다
일그러진 둥근 시계판 위에서
분침과 시침이 포개 잡았던 손을 풀어버린다
이 모든, 아귀가 비틀린 사물들 뒤에서
아카시아 어둔 향기가 녹음의 휘장 속에 어렴풋 속을 보이고
그렇게 조금씩 제 각도를 비껴나고픈
자신과 화해할 수 없는 것들의 초상이 벽 속에 있다

—「거울 속의 벽화」 전문

이 시에서도 역시 심야의 정적 속에서 행해진 집요한 관찰이 예리한 통찰로 이어지는 사유의 과정을 살필 수 있다. 심야버스를 기다리는 적요한 시간, 허름한 대합실의 금간 거울 속의 물상을 면밀하게 들여다보는 시인의 시선은 예사롭지 않은 각성에 이르게 된다. 이 시의 묘미는 성급하게 의미를 도출하지 않고 치밀한 관찰과 묘사

를 통해 자연스럽게 주제에 도달해가는 데 있다. 시인의 시선과 감각은 가까운 곳에서 먼 곳으로 이동해가면서 불안하고 위태로운 삶의 풍경을 포착한다. 거칠고 굵게 가로금이 심어진 대합실 거울은 모든 물상을 불길하고 위태롭게 반영한다. 머리와 목이 비뚜로 얹힌 얼굴이나 어긋나 있는 입술의 그로테스크한 모습은 존재의 불안감을 극화한다. 아스라한 웃음이나 호기심 어린 눈빛도 이 무시무시하게 균열된 영상을 넘어설 수는 없다. 사람이 아닌 사물조차도 이 거울에 비추면 기괴하고 뒤틀린 형상이 된다. 물병에 꽂힌 작약의 붉고 커다란 꽃잎은 이같은 영상에 불안함과 기묘함을 더한다. “일그러진 둥근 시계판”의 묘사에서 이 시의 의미는 한 단계 비약한다. ‘시계’는 ‘금간 거울’과 함께 근대적 삶의 강박과 균열을 표상한다. 심야버스를 탄생시킬 정도로 효용가치를 극대화해온 근대적 삶은 그 부작용으로 자아의 연속성과 동일성을 심각하게 훼손할 수밖에 없었다. 금간 거울에 비친 일그러진 시계는 효율성을 강조하는 근대의 시간이 자아의 동일성과 더이상 화해할 수 없음을 암시한다. 근대적 삶의 준거인 시계가 일그러져 있는 거울 안의 풍경은 근원을 잃고 비틀거리는 균열된 삶의 모습을 함축하고 있다. 그 균열의 뿌리는 매우 깊어서 좀처럼 치유하기

힘들 것이다. 시인이 거울 속의 영상을 '벽화'라고 표현한 것은 이 때문이다.

시인의 예리한 시선은 대합실의 금간 거울에서 불안하고 삭막한 근대적 삶의 초상을 포착해낸다. 존재의 본질에 다가서려 하는 시인은 근대적 삶이 잃어버린 기원과 자아의 동일성을 심연의 빛으로서 투시한다. 「거울연못」에서는 '금간 거울'과는 대조적으로 본연의 자아를 비추는 '작은 연못'이 등장한다. '소꿉시절 잃어버린 손거울'은 동일성을 상실한 채 살아가는 자아 본연의 모습이라 할 수 있다. 그 본래의 모습을 비춰주는 거울이 연못 같은 자연의 거울이라는 사실은 의미심장하다. "항아리에 숨겨둔 하늘처럼 깊고 고요"한 이 거울은 오랜 기억 속에 남아 있는 자아의 잃어버린 얼굴을 담아낸다. 대합실의 금간 거울이 극도로 균열된 근대인의 초상을 드러내는 것에 비해 거울연못은 잃어버렸던 자아를 되비춘다. 자아의 동일성을 깨닫게 했던 나르시스의 원시적 거울의 재현인 셈이다. 그런데 이 거울연못은 현실이 아닌 꿈의 산물로서 그려진다. 자아의 동일성을 보장하는 기원의 자리는 현실의 저편인 꿈과 상상의 세계에 놓여 있는 것이다.

시인은 금간 거울에 비춘 것처럼 균열된 현재의 삶 저

편에 우리가 상실한 존재의 심연이 자리잡고 있다고 본다. 그 무한의 심연에 닿기 위해 시인은 꿈이나 동화 같은 적극적인 상상의 방식을 동원한다. 시간은 현실과 상상의 세계를 구분하는 중요한 기준이 된다. 시인은 삭막하고 위태로운 현실의 시간을 직시하기도 하고 자유롭고 무한한 시간을 상상하기도 한다.

환경위기시계, 9시 29분이란 기사에
짜깍짜깍, 타임스위치 바라보듯 다들 잠시 흔들렸지만
그의 관심은 여전히 시계 쪽에만 가 있다
시계를 만든 그날부터 그들은 시간의 꼼짝없는 포로였을 거라고
시계의 투명한 작은 유리창이야말로
유리처럼 부서지기 쉬운 시간의 얼굴 아닐까 하고

—「시계들」 부분

누적된 불면에 현기증까지 겹친 마녀가 어느날 굳게 성문을 잠가버렸어. 부엌의 밥솥 타이머를 정확히 백년에 맞춰두고 풍덩, 잠솥에 빠져버린 거야. 재미있지 않니? 백년 동안의 뜨거운 솥단지를 생각해봐. 그동안

여기서는 상상할 수 있는 모든 일들이 다 일어났지.

— 「뚱딴지」 부분

앞의 시에서는 현실의 시간이, 뒤의 시에서는 동화 같은 상상 속의 시간이 그려지고 있다. 근대 이후 보편화된 시계는 인간의 삶을 끊임없이 관리하고 통제해왔다. 인간이 만든 도구가 올가미가 되어 자유로운 삶을 구속하기 시작한 것이다. 급기야는 '환경위기시계'까지 만들어져 위기감을 조성하고 있는 형편이다. 근대적 자본의 생산성을 극대화하는 수단으로서 환경의 파괴에 앞장섰던 시계가 이제는 그 위험을 알리는 경보의 기능까지 담당하고 있는 것이다. "유리처럼 부서지기 쉬운 시간의 얼굴"에 이처럼 엄청난 권력을 부여한 것은 바로 인간 자신의 끝없는 욕망이다. 효율과 발전을 위해 시간을 기계적으로 분절하고 관리한 결과 인간은 시간에 예속되어 자아의 동일성을 잃고 균열되는 위태로운 지경에 이른 것이다. "유리처럼 부서지기 쉬운 시간의 얼굴"은 곧 그러한 시간을 만들어낸 인간 자신의 모습이라 할 수 있다.

현재의 삶에서 이러한 시간의 막강한 위력에 저항하기 위해서는 현실 밖의 꿈이나 상상에 기대는 수밖에 없다. 「뚱딴지」라는 시에서는 힘겨운 시간의 틀에서 벗어나 안식할 수 있는 방법이 엉뚱하고 유쾌한 상상으로 그려진다. 밤낮으로 일거리에 지친 마녀가 어느날 갑자기 성문을 잠그고 휴면에 들어간다는 것이다. 일에 지쳐 잠솥에 빠져버린 마녀의 이야기는 어쩐지 이 시대 여성의 삶을 연상시킨다. 생색도 나지 않는 일상의 잡사에 파묻혀 지쳐가는 여성들. 만일 여성들이 만사 제치고 휴업을 선언한다면 세상은 난장판이 될 것이다. 시간의 끈을 놓아버린 여성이 곧 마녀인 셈이다. 마녀처럼 멋대로 한 백년 잠솥에 빠져버린다면 세상은 어떻게 될까라는 뚱딴지같은 상상은 시간의 통제를 벗어나고 싶은 내면의 욕망을 투영한다.

현실의 문제를 날카롭게 간파하는 시인이 종종 비현실적인 공상의 세계를 그리는 것은, 자신의 시를 현재의 차원에만 묶어두지 않으려 하기 때문이다. 동화나 신화 같은 상상의 세계가 현재의 합리적 시간을 넘어서는 좀더 근원적인 시간의 차원으로 의식을 확장할 수 있기 때문이다. 근대의 일회적이고 기계적인 시간과 다른 문학적 상상의 시간은 인간의 주체적 사유와 존엄성을 보장할 수 있다. 자유로운 문학적 상상 속에서 인간은 근대적 시간으로 인해 상실한 영원성과 순환의 질서를 재인식할 수 있는 것이다.

시인은 지금 현실의 시간과 신화적 시간 사이에 자리하고 있다. 현실의 한가운데 발 딛고 있으면서 잃어버린 신화적 시간에도 눈길이 머문다. 차갑고 치밀하게 현실을 직시하면서도 잃어버린 신화의 세계에 대한 그리움을 버리지 못한다. 「활을 당기는 헤라클레스」는 현실의 시간 속에 놓인 신화적 시간의 기이한 이질감을 바라보는 시인의 안타까운 시선을 담고 있는 시이다. 이 시에서 헤라클레스라는 신화적 영웅은 자이언트 주점 2층의 유리 진열장에 먼지가 쌓인 채 들어 있다. 시인은 "엉덩이도 삐딱하게 기타삼매경에 빠진 젊은 엘비스와/천진스런 표정의 아인슈타인 인형 사이를 지키고 있"는 이 벌거벗은 영웅을 통해 현실에서 신화가 수용되는 방식에 대한 신랄한 사실적 묘사를 행한다. 헤라클레스는 엘비스나 아인슈타인 같은 현대의 신화와 전혀 구분되지 않고 같은 자리에 놓여 있다. 아마도 시인의 혼잣말처럼, "아직도 자신의 운명을 향해 활을 당기는 자가 있다고?"라는 냉소 속에 방치된 채 애써 고독한 몸짓을 지키고 있는 것이리라.

> 분명한 건, 신들이 버리고 간 별자리나 돌보려는 자는
> 이 도시 어디에도 남아 있지 않다는 사실이다

유리벽 안쪽 거인들 어깨에도 먼지와 소음이
주점 불빛이 취기처럼 덧쌓이고
환영의 거리를 빠져나온 나는
표정 없는 동시대의 엘비스와 헤라클레스와 아인슈타인을 지나쳐 걸어간다

헤라클레스는 여전히 엘비스의 기타 선율과 아인슈타인의 미소 가운데 놓여 있다
헤라클레스는 여전히 여름 하늘 거문고좌와 목동좌 사이에, 엉거주춤
거꾸로 매달려 있다

—「활을 당기는 헤라클레스」 부분

인간의 운명을 넘어 신화가 되었던 헤라클레스도 현재의 시간에서는 주점의 장식품이 되어 있을 뿐이다. 숭고하고 존엄한 신화적 가치는 이제 더이상 숭배의 대상이 아니다. 형편없이 희화화되는 신화의 현실을 목격한 시인은 "신들이 버리고 간 별자리나 돌보려는 자는/이 도시 어디에도 남아 있지 않다"고 확언한다. 신화가 사라진 시대에 헤라클레스는 주점의 장식품이나 밤하늘의 별자리로 존재할 뿐이다. "엉거주춤/거꾸로 매달려 있"는 헤

라클레스의 별자리는 신화의 가치가 퇴색한 현실을 투영한다.

현상을 간파하는 예리한 시선을 지닌 시인은 현실과 이상의 괴리에 무심하지 못하다. 현실 속에서 신화가 뒤집어쓰고 있는 두터운 먼지와 공허한 몸짓도 간과하지 않는다. 엘비스와 아인슈타인의 시대에 어색하게 끼여 있는 헤라클레스를 주시한다. 현실 속에서 꿈꾸는 이상은 생경하고 허전한 구석이 있다. 빙하가 녹고 사막이 밀려오는 환경위기의 시대에, 아파트 바다 한가운데 들어선 '지중해'라는 이름의 꽃집처럼 여간 어색하지가 않다. "대양으로 나가는 희망의 항구 지브롤터는 여기서 멀"(「지중해 꽃집」)다. 현실에 불려나온 과거의 이름은 잃어버린 기억의 흔적을 아련하게 되살린다. 신화 속에 자리잡은 영웅과 지상낙원의 이미지들은 기억의 저편에 잠재되어 있는 영원성을 상기시킨다. 시인은 현실의 풍경 속에 혼재되어 있는 본원을 향한 그리움을 놓치지 않는다. 모든 존재는 본원을 향한 마음의 유적을 담고 있다. 「화살나무」에서 각질의 날개는 "마음이 가닿고 싶은 하늘의 바다의 다른 표정"이고, 「영도에서」에서 부둣가의 낡은 건물은 언제라도 대양을 향해 떠나려하는 여객선의 몸짓을 보여준다. 시인은 모든 물상의 불안한 현상 속에서 존재의 본원에서 멀어져 있는 안타까운 현실을 발견한다.

류인서의 시에서 볼 수 있는 비애는 모든 존재가 지닌 본원적 상실감과 관련되어 있다는 점에서 근원적인 것이다. "잠시 홍상(紅裳)을 생각하던 청상(靑裳)이/어느 순간 청승으로 건너가다"(「모동 가는 길」)라는 처량한 가락이나 "몸집보다 커다란 울음주머니를 예비한"(「알」) 개구리 알의 묘사 등에서 시인은 능숙하게 만상에 내재한 뿌리 깊은 울음을 찾아낸다. 토마스 만(T. Mann)의 말처럼 무상(無常)이란 대단히 슬픈 어떤 것이 아니라 실존의 영혼 자체이다. 그것은 아무도 거부할 수 없는 운명이다. 모든 존재는 무상의 운명을 안고 불완전한 현재의 삶을 이어갈 뿐이다. 현실에 놓인 무게중심을 움직이지 않는 한 이 처연한 비애의 정서에서 놓여나기는 힘들 것이다. 그러나 아마도 시인은 좀처럼 현실에서 멀어지지 않을 것이다. "우리의 간구는 언제나, 땅에서 하늘에 이르고자 함이 아니라/하늘을 인간으로 불러 내리는 것"(「운주에 오르다」)이라고 여기기 때문이다. 하늘을 인간으로 불러내기 위해 시인은 앞으로도 계속 신화와 상상의 가치를 탐구할 것이다. 발랄하고 눈부신 상상력을 발휘하는 다른 어떤 시인들보다도 이 시인에게 신뢰가 가는 것은 현실과 절연되지 않은 진지하고 예리한 시선을 확보하고 있기 때문이다. 현실과 신화 사이에서 긴장을 유지하며 특유의 투시력을 발휘한다면, 균열된 근대의 시간을 넘어서 존재의 본질과 자아의 동일성을 재구성할 수 있는 시의 창조적 가능성을 지속적으로 확장해갈 수 있을 것이다.

李惠媛 | 문학평론가, 고려대 문창과 교수

■

시인의 말

쉬이 내려놓지 못하고 있는 풍경 가운데 하나가 동대구로 초입의 히말라야시다 가로수다. 청년시절을 그 동네에서 보냈고 서울살이를 접고서 우선 자리잡은 곳도 거기여서 부근은 자주 나의 산책 코스였다. 그때의 성하던 히말라야시다들 지금은 의족 같은 철제 버팀목에 의지해 누더기 그늘만 간신히 지키고 있다. 뭉텅뭉텅 기형적으로 가지가 잘려나간 그들을 보면서 조금씩 이유 없이 초조해지던 날, 지워진 그늘이 커다랗게 눈에 들어왔다. 정작 저 미덥지 못한 히말라야시다를 아주는 쓰러지지 않게 지탱해주는 힘이 무엇인가를 알 것 같았다.

히말라야시다의 그것처럼 바람에 쉽게 기울어지고 뽑혀나가는 천근성(淺根性)의 뿌리는 내 부박한 영혼이거나 현실이다. 겨울 아침 침엽의 가지 사이로 떨어져 내리던 햇살과 눈가루, 자잘한 소음과 질주하는 자동차의 불빛, 인근 동대구역을 지나는 기차의 신호음 같은 것들. 잃어버린 그늘이 껴안고 있는 그것들이 있어 그나마 내 안의 숲은 눈 덮인 푸른 지붕처럼 원뿔의 탑처럼 오늘도 아름답다. 보이지 않는 그 숲에 사는 새의 이름은 기억이며 몽상이며 매혹이다.

내게 과욕이 허락된다면, 이제야말로 크바시르의 피로 만든 시의 밀주 한방울 훔쳐 맛보고 싶을 뿐이다.

살펴주신 많은 분들과 창비에 깊이 감사드린다.

2005년 봄

류인서

창비시선 243

그는 늘 왼쪽에 앉는다

초판 발행/2005년 3월 15일

지은이/류인서
펴낸이/고세현
편집/고형렬 김정혜 문경미 안병률 김현숙
미술·조판/정효진 신혜원
펴낸곳/(주)창비
등록/1986년 8월 5일 제85호
주소/경기도 파주시 교하읍 문발리 513-11
우편번호 413-832
전화/031-955-3333
팩시밀리/영업 031-955-3399 · 편집 031-955-3400
홈페이지/www.changbi.com
전자우편/literat@changbi.com

ISBN 89-364-2243-X 03810

* 책값은 뒤표지에 표시되어 있습니다.